JEAN LORRAIN

ET

A.-FERDINAND HEROLD

—

Prométhée

Tragédie lyrique en trois actes

MUSIQUE DE

GABRIEL FAURÉ

*Représentée pour la première fois à Béziers, sur le théâtre
des Arènes, le 27 août 1900*

PARIS

SOCIÉTÉ DU MERCVRE DE FRANCE

XV, RVE DE L'ÉCHAVDÉ-SAINT-GERMAIN, XV

—

MCMI

MERCVRE DE FRANCE

XV, RVE DE L'ÉCHAVDÉ. — PARIS
paraît tous les mois en livraisons de 300 pages, et forme dans
l'année 4 volumes in-8, avec tables.

Rédacteur en chef : ALFRED VALLETTE.

Littérature. Poésie. Théâtre. Musique. Peinture. Sculpture,
Philosophie. Histoire, Sociologie. Sciences. Voyages,
Bibliophilie, Sciences occultes. Critique. Littératures
étrangères. Portraits. Dessins et Vignettes originaux

REVUE DU MOIS

Épilogues (actualité) : Remy de Gourmont.
Les Poèmes : Pierre Quillard.
Les Romans : Rachilde.
Théâtre (publié) : Louis Dumur.
Littérature : H. de Régnier, R. de Gourmont.
Histoire : Marcel Collière.
Philosophie : Louis Weber.
Psychologie : Gaston Danville.
Science sociale : Henri Mazel.
Questions morales et religieuses : Victor Charbonnel.
Sciences : Dr Albert Prieur.
Archéologie, Voyages : Charles Merki.
Questions coloniales : Carl Siger.
Romania, Folklore : J. Drexelius.
Bibliophilie, Histoire de l'Art : R. de Bury.
Ésotérisme et Spiritisme : Jacques Brieu.
Chronique universitaire : L. Bélugou.
Les Revues : Charles-Henry Hirsch.
Les Journaux : R. de Bury.
Les Théâtres : A.-Ferdinand Herold.

Musique : Pierre de Bréville.
Art moderne : Émile Verhaeren.
Art ancien : Virgile Josz.
Publications d'art : Y. Rambosson.
Le Meuble et la Maison : Les XIII.
Chronique du Midi : Jean Carrère.
Chronique de Bruxelles : G. Eekhoud.
Lettres allemandes : Henri Albert.
Lettres anglaises : Henry.-D. Davray.
Lettres italiennes : Luciano Zuccoli.
Lettres espagnoles : Ephrem Vincent.
Lettres portugaises : Phileas Lebesgue.
Lettres hispano-américaines : Eugenio Diaz Romero.
Lettres brésiliennes : Figueiredo Pimentel.
Lettres russes : Adrien Souberbielle.
Lettres polonaises : Jan Lorentowicz.
Lettres néerlandaises : A. Cohen.
Lettres scandinaves : Peer Eketræ.
Lettres hongroises : Zrinyi János.
Lettres tchèques : Jean Otokar.
Variétés : X...
Publications récentes : Mercure.
Echos : Mercure.

ABONNEMENT

	France		Étranger	
Un an	20 fr.	Un an	24 fr.
Six mois	11 »	Six mois	13 »
Trois mois	6 »	Trois mois	7 »

ABONNEMENT DE TROIS ANS, avec prime équivalant au remboursement de l'abonnement.

France : 50 fr.	Étranger : 60 fr.

La prime consiste : 1° en une réduction du prix de l'abonnement; 2° en la faculté d'acheter chaque année 20 volumes de nos éditions à 3 fr. 50, *parus ou à paraître*, aux prix
absolument nets suivants (emballage et port *à notre charge*) :

France : 2 fr. 25	Étranger : 2 fr. 50

Poitiers. — Imprimerie du Mercure de France, BLAIS et ROY, 7, rue Victor-Hugo.

PROMÉTHÉE

JEAN LORRAIN

ET

A.-FERDINAND HEROLD

—

Prométhée

Tragédie lyrique en trois actes

MUSIQUE DE

GABRIEL FAURÉ

Représentée pour la première fois à Béziers, sur le théâtre des Arènes, le 27 août 1900

PARIS

SOCIÉTÉ DV MERCVRE DE FRANCE

XV, RVE DE L'ÉCHAVDÉ-SAINT-GERMAIN, XV

—

MCMI

PERSONNAGES

	1900	1901
PROMÉTHÉE.	M. de Max..... ...	M. de Max.
PANDORE....	M‍mes Cora Laparcerie..	M‍lles Berthe Bady.
HERMÈS....	Odette de Feul...	Louise Dowe.
HÉPHAISTOS.	MM. Vallier.........	MM. Vallier.
KRATOS....	Fonteix aîné.....	Fonteix aîné.
BIA.........	M‍mes Fiérens-Péters ..	M‍mes Fiérens-Péters.
GAIA	Rosa Feldy......	Flahaut.
UN HOMME ..	M. Rousselière	M. Rousselière.
UNE FEMME .	M‍lle Torrès.........	M‍lle Armande Bourgeois.

LES OCÉANIDES.

LES HOMMES.

ACTE I

C'est un paysage de montagnes, abrupt et farouche. — Un torrent le coupe. — Des roches se dressent, surplombant des précipices. — Des grottes se creusent aux flancs des ravins. — Des hommes et des femmes accourent joyeusement de toute part.

LES HOMMES

Eia, eia, des plateaux et des cimes,
Sur les pas argentés du torrent,
Par le brouillard, couronne des abîmes,
Eia, descendons en courant.

Accourez tous du fond de vos cavernes,
Vous, les mangeurs de chair, vêtus de lourdes peaux,
Et vous, yeux d'astres clairs perdus sous des fronts ternes,
Vous qui sur les sommets paissez les longs troupeaux !

UN HOMME

Eia ! Accourez ! Un oiseau de mystère,
Un bienfait appelé du ciel,
Descend en planant sur la terre,
Pur et doré comme le miel !

1.

C'est l'oiseau-feu ! Dans l'ombre épouvantée
Il va jaillir comme à l'horizon clair
Le clair archer qu'aime et retient la mer,
Il va jaillir, et c'est toi, Prométhée,
Dont l'appel glorieux va le chercher dans l'air.

> Les hommes et les femmes se mettent
> à sauter et à danser lourdement.

LES HOMMES

Prométhée est la force !

Le chêne vert, gaîné de souple écorce
    Est son frère.
    Il étend comme lui
    Des branches de lumière
    Et des branches de nuit.
    Prométhée est la force !

LES FEMMES

Prométhée est la joie !

La source d'or, qui bondit et tournoie,
    Est sa mère.
    Il donne la fraîcheur,
    Il calme et désaltère
    Et fait fleurir le cœur.
    Prométhée est la joie !

> Les danses cessent.

UNE FEMME

Prométhée est aussi l'espérance !
Entre ses mains noueuses de Titan,
Il apporte à la terre un don de délivrance
Et la nuit va par lui rentrer dans l'Océan.

Par lui des clartés éternelles,
Des clartés d'amour et d'espoir
Enchantement de nos prunelles,
Aboliront le deuil des soirs.
Oh, ces gardiennes solennelles
Que parmi les vertiges noirs
Tu vas poser, Roi du Pouvoir,
Mets-les en nous, mets-nous en elles.

LES HOMMES ET LES FEMMES

Prométhée est la force,
Prométhée est la joie,
Prométhée est aussi l'espérance.

> Entre Prométhée. Il regarde les hommes d'un regard long et pitoyable.

PROMÉTHÉE

Les voici pleins d'angoisse encore et de terreur
Ces pauvres êtres sur qui pèse la douleur !
Ils chantent vers le ciel, où leurs hymnes sonores

Montent, louant déjà des bienfaits qu'ils ignorent.
Vers le ciel où, la lèvre en fleur et les yeux clos,
L'inexorable Zeus accueille leurs sanglots.
Hommes, j'éveillerai pour vous la saine joie :
Je ravirai la fleur mouvante et qui rougeoie,
L'or impalpable, l'or vivace, dont les Dieux
Gardent jalousement le secret merveilleux.
Maintenant, dans la paix auguste des nuits claires,
La flamme brillera, sans haine et sans colère,
Et son pur ondoiement éloignera de vous
La faim errante des panthères et des loups.
Bientôt, par les monts, par les plaines, par les gorges,
Retentira le bruit précipité des forges
Et vous saurez enfin les sublimes travaux
Qui soumettent la force et l'orgueil des métaux,
Ceux qui feront heureuse et féconde la terre
Et ceux qu'aujourd'hui, dans les antres de mystère,
Héphaistos, le divin boiteux, accomplit seul.
Alors, vers Ouranos, vers le suprème aïeul,
Pourront monter vos cris d'allégresse et de gloire,
Hommes sacrés : car la fumée affreuse et noire
Dispersera parmi le souffle lourd des vents
L'âcre essaim des douleurs et des maux décevants !
Alors, vous raillerez l'hiver et ses tempêtes,
Et vous ne craindrez plus la morsure des bêtes,
Et partout dans le monde on entendra chanter
Les chastes hymnes de victoire et de beauté !

Voici le rire ! plus de larmes ! plus de crainte !
Eïa ! Par les sentiers de la montagne sainte
Je marche à la conquête immortelle du feu !
Un invincible amour guide mes pas nerveux,
L'espoir m'emporte, et j'ai toute la joie en l'âme !
Eïa ! sur le rocher où tombera la flamme
Les flèches d'Hélios accrochent des clartés !
Eïa ! vers la lumière ! Hommes, montez ! montez !
Regardez resplendir là-haut la roche ardente
Où je vais...

> Pandore est entrée depuis un instant.
> Tremblante et timide, elle est restée un
> peu à l'écart. Maintenant, en un effort de
> courage, elle va vers Prométhée, et d'un
> geste suppliant, l'arrête.

PANDORE

Mets un frein à ta langue imprudente !
La roche est sourcilleuse et le torrent profond
Où, comme un chèvre-pied, tu t'élances d'un bond,
Et plus léger encor le peuple qui t'acclame.
Je ne suis, je le sais, qu'un faible cœur de femme,
Naguère encore un peu d'argile et de néant
Animés aujourd'hui par l'amour d'un Titan,
Mais ma vie est en toi tout entière et je tremble.
Le danger que tu cours, nous le courons ensemble,
Puisque, vibrant au souffle ailé du même émoi,
Toute mon âme est tienne et ton souffle est en moi !

Prométhée, un moment, je t'en supplie, écoute !
Écoute, comme une eau qui pleure goutte à goutte
Tomber l'avis timide émané de l'amour.
C'est l'amour et l'effroi qui parlent tour à tour !

PROMÉTHÉE

Pour un cœur enfantin quelle peine profonde !

PANDORE

Crains d'apporter un don irréparable au monde !
Ces hommes ameutés à l'espoir du bienfait
Par toi promis, pourtant si ta voix les trompait ?
Si le feu, dont tu veux illuminer l'abîme,
Retombait sur ton front coupable, et si la cime
Où tu veux allumer le feu libérateur
Devenait le bûcher du dieu déprédateur ?

PROMÉTHÉE

Que dis-tu ?

PANDORE

      Si la Mort en place du prodige
Attendu s'abattait sur eux comme un vertige !

PROMÉTHÉE

Pandore..

PANDORE

      Et si les dieux par un trait meurtrier

Vengeaient sur eux, sur toi, l'Olympe humilié !
Songe à l'ancien péril des sommets blancs de neige
Roulant en flots glacés sur les pas sacrilèges !
Et revois l'avalanche écroulée en torrent
D'écume...

PROMÉTHÉE

O le babil léger et murmurant
Des roseaux dans la brise et de l'errante abeille !
Par ce ciel sans nuage, où l'Implacable veille,
Je veux à l'avenir, enfant, dans cet œil pur
Voir rayonner sans larme un immuable azur.
Oui, je veux désormais cette âme hors d'atteinte
De trois spectres, l'angoisse et l'attente et la crainte,
Et cette aube de paix luira quand aura lui
Le vol de l'oiseau d'or, l'oiseau qui dans la nuit
Va dissiper d'un bond le doute et l'épouvante.
Laisse-moi donc cueillir la fleur rouge et mouvante !
Au-dessus du Destin, de Zeus et de ses lois
Règne une âme plus haute, enfant, et c'est sa voix
Qui m'appelle, m'adjure et m'exalte et m'enivre !
Et cette voix m'entraîne, orgueilleux de la suivre.

PANDORE

La mort a donc pour toi des attraits bien puissants
Que tu cours, Prométhée, à ses affreux accents !
C'est la mort qui t'appelle et rit dans les ténèbres.

Les feux follets aussi flottent, esprits funèbres,
Au-dessus du marais, fantômes séduisants
Qui n'ont jamais souri qu'à des agonisants !

PROMÉTHÉE

Tu dis… ?

PANDORE

Que les rochers et les bois m'ont instruite.
Et d'avance je sais, hélas ! vaine et détruite
L'œuvre que ta folie en ce jour entreprend.
Comme un oiseau captif, j'ai là mon cœur vibrant
Qui se débat, se heurte aux parois de mon être.
Le froid d'une agonie en mes veines pénètre !
Crois-en, mon bien-aimé, mon sûr pressentiment !
Ton audace est un piège et la montagne ment,
Qui t'attire, hautaine, une flamme à son faîte !

PROMÉTHÉE

Tais-toi !

PANDORE

Non, de mes cris j'attristerai la fête
Atroce, que prépare ici ton fol orgueil.
Hommes, écoutez-moi ! Funérailles et deuil !
Retenez Prométhée ! O foule, dans ta vague
Enlace et fais captif le Titan qui divague !
Je sens planer sur nous un souffle de malheur :
La tempête s'annonce à l'émoi d'une fleur.

Et si tout mon jeune être est blessé par la crainte,
C'est qu'il vibre plus souple et plus tendre à l'étreinte
Des désastres rôdant autour de nous.

PROMÉTHÉE

Amis,
Je tiendrai fermement tout ce que j'ai promis.
Une longue revanche est due à vos détresses.
Vous avez décanté le vin pur des ivresses
Sous le rude pressoir des anciens maux subis.
Le Feu, jet rutilant d'un vin de clair rubis,
Va s'épandre sur vous en nappes d'ambre blonde
Et c'est dans ses flots d'or l'allégresse du monde
Que vous allez puiser et le triomphe aussi.

PANDORE

Prométhée !

PROMÉTHÉE

Et surtout évitez Celle-ci !
Vous qu'un dieu veut et va conquérir à la joie,
Gardez-vous d'écouter cette femme que ploie
Et tord comme un roseau l'effroi de l'avenir !
Étouffez dans vos cœurs la peur du devenir,
Mais poussez de vos vœux mon élan vers la flamme,
Et, laissant et la transe et la terreur aux femmes,
Quittez les anciens dieux pour les dieux inconnus.

PANDORE

Il blasphème, il blasphème !

PROMÉTHÉE

Et toi de tes bras nus
Dénoue, o triste enfant, le collier qui m'écrase !
Puisque ton cœur de femme est rebelle à l'extase
Et se cabre effrayé devant le bris du joug,
Retourne avec tes sœurs tendre un débile cou
Au servage des dieux, qui te firent esclave !
Fane-toi dans leur ombre et subis leur entrave,
Ame obscure, qu'effare et révulse le jour !
Mais maudits soient tes cris et maudit ton amour,
Ton amour qui retarde en pleurant sur les cimes
L'embrasement immense et la joie unanime !
Adieu, fille d'argile, humble fleur au néant
Arrachée et rendue ! Aujourd'hui le Titan
Restitue à la nuit l'être en pleurs qui l'adore !
Divinités du gouffre, ayez soin de Pandore !

PANDORE

Prométhée, Prométhée !

PROMÉTHÉE

Et vous, dans la clarté
Hommes, montez, montons conquérir la Beauté !
Prométhée s'est dégagé des bras de

Pandore. Il monte vers une des roches,
plus élevée que les autres.

D'une des cavernes de la montagne,
sort une femme au visage austère, enve-
loppée de longs voiles. Elle étend un bras
pour arrêter Prométhée.

GAIA

Arrête, Prométhée, et debout sur la roche
Écoute s'exhaler le triste et lent reproche
    De ta mère Gaia !
Quels verbes imprudents sont tombés de ta bouche
Et vers quel rêve impie entraînes-tu, farouche,
    Le peuple ameuté là !

De l'Antique Ouranos au front gemmé d'étoiles
Qu'espères-tu trouver en déchirant les voiles ?
    Quel fléau peut sortir
De la nuit, dont tu veux écarter les nuées !
Au milieu des sanglots, des cris et des huées
    Crains de t'anéantir !

Si je surgis de l'ombre et m'en viens, droite et blême,
M'opposer sur ta route en criant anathème
    Sur ton acte odieux,
C'est que je t'ai porté dans mes flancs et je t'aime,
Toi dont chaque parole est un obscur blasphème
    Contre Zeus et les dieux.

Un souffle de courroux rôde au fond des abîmes !
Crains de troubler la paix du gouffre et sur les cimes
     De déchaîner l'Esprit.
Prométhée, Prométhée, crains d'appeler la foudre
Sur ce peuple égaré, que peut réduire en poudre
     Le geste qui guérit !

Vois, je frissonne, en proie à la grande épouvante.
Moi, ta mère, aujourd'hui l'effroi m'a pour servante
     Et j'étreins tes genoux.
L'équilibre du monde est dans l'ordre céleste
Et l'implacable Zeus par le feu qui l'atteste
     Pèse au-dessus de nous !

Arrière, Prométhée, arrière !

PROMÉTHÉE

Non, je n'écoute rien. Ta voix, blâme ou prière,
Laissera Prométhée inébranlable, ô Mère !
Toi qui portas toutes les races dans ton flanc,
Tu n'arrêteras pas la foi de mon élan.
Contre les dieux, tyrans durs à la joie humaine,
A grandi dans mon âme une indomptable haine ;
Je ne crains pas leurs coups ! je me lève contre eux !
Quels que soient les arrêts du destin rigoureux,
Je les brave dans la gloire de ma révolte,
Et je monte ravir l'éclatante récolte !

> Gaia disparaît en gémissant. Mais Pandore s'est rapprochée de Prométhée. Elle tente encore de le retenir.

PANDORE

Ne cueille pas la fleur sur le rouge rocher !

PROMÉTHÉE

Va-t'en ! Nul, je l'ai dit, ne saura m'empêcher
De maîtriser la flamme et sa splendeur féconde.

PANDORE

Tu cours à ton malheur.

PROMÉTHÉE

Je cours au bien du monde.

PANDORE

Écoute mes sanglots.

PROMÉTHÉE

Écoute leurs chansons.

PANDORE

Songe au doux passé.

PROMÉTHÉE

Songe aux futures moissons.

PANDORE

Dans le ciel vaste, entends de longs cris de colère.

PROMÉTHÉE

Entends des cris d'amour et d'espoir sur la terre !
O femme, tu commets le mal en m'arrêtant.

PANDORE

Bien-aimé, bien-aimé, j'ai peur, j'ai peur !

PROMÉTHÉE

Va-t'en !

> Prométhée repousse Pandore. Il mar-
> che vers la roche qu'il montre d'un grand
> geste. Les hommes et les femmes le sui-
> vent.

LES HOMMES

Marche et poursuis ton but vers la joie et les cimes,
Prométhée, ô Titan aux yeux puissants et doux !
Notre amour t'accompagne à travers les abîmes
    Et ton âme est en nous.

Marche, homme ardent et fier ! Va ! notre voix t'acclame !
    Nous rions de te voir
Escalader les rocs vers la divine flamme,
    Poussé par notre espoir !

UNE FEMME

Et toi, mystérieux parfum qui vas éclore,
    Planante aile d'amour,

Jaillis comme une fleur d'aurore,
Descends comme un oiseau de jour!

LES HOMMES

Prométhée a touché le faîte.

LES FEMMES

Prométhée est près de l'autel.

LES HOMMES ET LES FEMMES

Il adjure Zeus, il s'apprête
A cueillir le don immortel.

UN HOMME

Prométhée a levé la tête,
Son geste menace le ciel!

PANDORE

Immortels, qui dans l'ambroisie
Mêlez les larmes et l'encens,
Jeunes rois de la vieille Asie
Et des abîmes blêmissants,
Souriez de la frénésie
De qui vous brave, Dieux puissants!
La force l'a grisé! Comme un transport l'enivre,
Dieux tout-puissants, laissez-le vivre!

UNE FEMME

Que crains-tu? Prométhée est le roi de la mort;
Un Erôs est en lui qui le fait jeune et fort.

> Prométhée a atteint la roche. Debout.
> les yeux fièrement levés vers le ciel, il
> parle d'une voix sonore.

PROMÉTHÉE

Père majestueux des métaux et des astres,
    Rouge ennemi des blancs hivers,
Toi qui jaillis hors des abîmes entr'ouverts,
Toi dont le corps multiple, insensible aux désastres,
    Vague par l'immense Univers,

Éclair, flamme, étincelle, aurore, crépuscule,
    Modérateur sacré du temps,
Œil de justice, lyre aux hymnes éclatants,
Char doré dont la course fière luit et brûle
    Et garde des rythmes constants,

Force du feu, descends sur la roche splendide!
    Par les libres chemins du ciel
Accours, accours joyeusement, feu paternel!
Viens donner, écoutant la voix du Titanide,
    A l'homme un bonheur éternel.

Qu'à ses regards bénis un nouveau jour se lève
    Et guide-le vers les sommets

Où les grandes clartés ne se voilent jamais :
Et qu'exulte déjà son esprit au seul rêve
    Des mondes que tu lui soumets.

Éveille en lui l'amour des œuvres radieuses ;
    Qu'il ne craigne plus les fléaux
Et qu'il s'échappe des pays naguère clos ;
Qu'il abatte les noirs sapins et les yeuses
    Et dompte l'âpreté des flots.

Qu'il déchire sans peur et féconde la terre !
    Que des rayons harmonieux
Fassent étinceler du rire dans les yeux,
Et que l'homme exalté par toi, feu salutaire,
    Ose lutter avec les dieux !

> Un éclair. Une branche, brandie par
> Prométhée, s'enflamme.

PROMÉTHÉE

Hommes, hommes, riez, chantez, soyez heureux.
Voici le don que j'ai promis ! voici le feu !

> Il jette la branche aux hommes, qui
> s'en emparent, et y allument d'autres
> branches.
> Mais un second éclair brille, suivi d'un
> coup de tonnerre. La foudre frappe Pro-
> méthée, qui tombe. Les hommes et les
> femmes descendent avec des cris.

LES HOMMES ET LES FEMMES

Horreur! horreur! horreur!

> *Ils disparaissent. Pandore, qui a écouté, haletante, l'invocation, a vu la foudre frapper Prométhée; et elle-même, sanglotante, est tombée sur les genoux.*
>
> *En même temps, derrière la roche, ont surgi un Dieu et une Déesse d'aspect farouche, Kratos et Bia. Entre eux, le forgeron divin, Héphaistos.*

KRATOS

Réveille-toi! Du fond de l'épouvante,
    Où tu gis les yeux clos,
Renais au châtiment! Et, mort, livre vivante
Ta chair coupable aux fers arracheurs de sanglots.

BIA

Zeus outragé par toi te refuse l'abîme
    Et l'oubli de la mort,
Et tu vivras pour expier ton crime,
Titan d'orgueil, roi sans remords.

KRATOS

Le roc hautain fut ton complice,
Il te servira de gibet,
Et, pour bourreau de ton supplice,
Nous voulons le dieu qui t'aimait.

HÉPHAISTOS

Je t'aime encore, ô Prométhée,
Mais garde le respect des lois.
Dans la forge, tous deux, nous chantions autrefois!
Que ne l'as-tu, frère, écoutée,
Ma voix?

KRATOS

Silence, Héphaistos.

BIA

Les cris du misérable
N'ont pas déchiré l'air encor.
Retarde la pitié de ton cœur exorable.

KRATOS

Et toi, frémis, rebelle, en apprenant le sort
Que Zeus-Roi réserve au coupable!

PANDORE

Qu'ai-je entendu? Tout mon être défaille.
Dans ces mornes clartés des êtres apparus,
Leur geste de menace et leur clameur qui raille...
Quelles horribles funérailles
Préparent sous le ciel ces faces d'inconnus!

KRATOS, BIA et HÉPHAISTOS

Semeur d'illusion hautaine,

Bienfaiteur avorté, captif libérateur,
Toi qui voulais conduire au ciel la race humaine,
En déchaînant le feu dévastateur,
Tu seras enchaîné! Et des splendeurs lointaines
L'oiseau de Zeus, l'aigle noir des hauteurs,
Descendra s'abreuver au sang pur de tes veines;
Tu serviras, vivant, de proie,
Et tes douleurs seront la joie
Des dieux que menaçaient tes vœux déprédateurs.

PANDORE

Ah!!!

Elle tombe comme morte.

KRATOS

Il garde un silence farouche.

BIA

Le désespoir a clos sa bouche.

KRATOS

Nous le ferons parler.

BIA

Oh, ce muet orgueil,
L'entendre enfin crier.

KRATOS

Et toi, face de deuil,
Saisis le criminel et charge-le de chaînes.

HÉPHAISTOS

Mes deux poings suffiront.

KRATOS

Fais vite! qu'on l'emmène!

KRATOS et BIA

C'est dans la solitude effroyable et hantée
Des tourbillons de neige et des hivers dormants
Que l'implacable Zeus veut river les tourments
De l'indomptable Prométhée.

ACTE II

Parmi les rochers passe un long cortège de jeunes femmes
et de jeunes filles. Quelques-unes portent, sur des branches
et des feuillages, le corps de Pandore.

LES FEMMES

Larmes, coulez,
Lourdes et lentes !
Pleurs, ruisselez !
Nos mains tremblantes,
Nos mains ne vous essuieront plus!
La Fortune en poussant sa roue
A fait jaillir sur notre joue
L'eau des regrets amers et superflus!

Celle dont nous suivons
La dépouille adorée
A cessé de sourire
A la clarté du ciel.
Celle que nous pleurons
Avait la chair dorée
Et la rose du rire
Plus douce que le miel.

Froide et muette sous ses voiles,
Pandore au beau sourire a clos
Ses yeux de fleur, ses yeux d'étoiles!
Son doux corps, tel un lys éclos,
Apparu svelte entre ses voiles,
S'est effeuillé dans les sanglots.

Injustice des dieux sur nos fronts abattue!
Sa voix qui charmait le torrent,
Sa voix caresseuse s'est tue!
Où le temps où ses pieds, errant
Sur la cime ardue,
L'emportaient légère, éperdue,
Dans l'aube au brouillard transparent!

UNE FEMME

Tu passais, royale et sacrée,
Pandore, dans l'éclat du jour.
Aphrodite t'avait parée
De grâce, de joie et d'amour.

Athènè te donna son voile,
Les Charites aux gestes lents
Avaient mis le bleu des étoiles
Dans tes grands yeux aux cils tremblants.

La trame de tes jours fragiles
S'est déchirée, et nos douleurs

Penchent des cratères d'argile
Sur ton cadavre avec des fleurs !

LES FEMMES

Dans le Hadès, au pays sombre
Où rôde un peuple de muets,
Pandore est une petite ombre
Et l'ombre étreint ses bras fluets.

La Nuit du néant la possède
Elle qui possédait l'Amour !
Et la mémoire de l'aède
La retient seule encore au jour.

> Les Femmes ont caché Pandore dans
> une caverne de la montagne. Elles s'en
> vont à travers les rochers.
> Sur une roche très haute, qui se dres-
> se, abrupte et isolée, paraît Prométhée,
> entre Kratos et Bia. Héphaistos est avec
> eux, et il tient des chaînes, des clous et
> un marteau.

KRATOS

Nous voici parvenus en pleine solitude,
Dans le pays scythique, à l'extrême confin
De la terre. — Obéis à Zeus : de ta main rude
Accomplis, Héphaistos, le châtiment divin.

3.

BIA

Prends ces chaînes d'airain
Et que l'escarpement de la roche où nous sommes
Voie attaché, saignant, étreint,
Ce sauveur d'hommes !
Qu'il nomme en gémissant les dieux qu'il outragea !

HÉPHAISTOS

Pour vous, l'ordre de Zeus est accompli déjà.
Rien de plus. Mais au roc orageux et cruel
Clouer un dieu vivant, un héros fraternel,
J'hésite... et Zeus vengeur me contraint de le faire :
On n'enfreint pas l'ordre du Père !

O sublime et bon Titanide,
Cœur altéré de justice et d'amour,
Contre mon gré, je viens donc en ce jour
Meurtrir et garrotter ton orgueil intrépide !
Je vais te clouer vif contre ce rocher sourd,
Sur ce sommet inaccessible !

O solitude horrible !
Aucune voix n'y viendra jusqu'à toi,
Aucun visage humain, ni larme, ni sourire !
Abandonné dans l'angoisse et l'effroi
Tu verras rayonner et luire
Le royal Hélios, dont l'implacable ardeur
Consumera ta chair et séchera sa fleur.

KRATOS

Allons, que tardes-tu? Tu le prends en pitié?

HÉPHAISTOS

O Kratos, âme dure et vibrante d'audace!
Ils sont bien forts, le sang et l'amitié!

KRATOS

Laisse la plainte à l'autre race!

HÉPHAISTOS

Ah, si quelque autre avait pu l'enchaîner...

KRATOS

Même parmi les dieux, nul, hormis Zeus, n'est libre!

HÉPHAISTOS

Je le sais, et je fais ce qui m'est ordonné.

BIA

Hâte-toi donc. Qu'au bruit du lourd marteau l'air vibre!
Ta faiblesse, que Zeus-Roi ne la sache pas.

HÉPHAISTOS

Regarde, les chaînes sont prêtes.

BIA

Bien. Cloue et rive autour des bras.
Il aura le rocher pour reposer sa tête.

> Héphaistos commence à enchaîner Pro-
> méthée.

HÉPHAISTOS

J'ai hâte d'en finir.

BIA

Frappe plus fort. Étreins.
Il ne faut pas que l'on t'accuse
De faiblir. Tu connais sa ruse.

HÉPHAISTOS

Ses bras sont rivés par l'airain.

BIA

Dans sa poitrine enfonce à coup rudes la dent
De ce lourd coin d'acier mordant.

HÉPHAISTOS

Ah, je gémis sur tes maux, Prométhée!

BIA

Frappe, ou bientôt c'est sur toi qu'on gémit!

KRATOS

En ta lenteur tu plains notre ennemi!

HÉPHAISTOS

Vois de tes yeux sa chair ensanglantée...

KRATOS

Je vois un criminel châtié justement.

BIA

Cette chaîne sous les aisselles du dément!
Serre en ces anneaux les cuisses à les broyer.
Ces entraves aux pieds !

HÉPHAISTOS

Partons, partons. Il est enchaîné maintenant.

KRATOS

Et toi, tu peux crier insolemment!

BIA

Cherche les biens des Dieux ! que ta main les ravisse!
Cours les donner aux hommes, tes amis !

KRATOS

Que peuvent-ils pour t'affranchir de ton supplice?

KRATOS et BIA

Pleure, Prométhée, et gémis.

> Les Dieux disparaissent. Prométhée est
> seul, enchaîné.

PROMÉTHÉE

Éther divin, ô vents légers, sources des fleuves,
Et toi, sourire innombrable des flots marins,
Hélios, qui vois tout de ton œil souverain,
Mère unique, Gaia, regardez mes épreuves !

O h, regardez quels maux souffre des dieux un Dieu!
    Voyez quels tourments me déchirent !
Et je le subirai, le supplice odieux,
    Par l'infini des siècles, toujours pire!
    Les voilà, les liens honteux,
Qu'imagina pour moi le Maître des Heureux!
    Hélas, je vois sans espérance
    Le présent rude et le rude avenir!
Quand surgira le jour terme de mes souffrances?
Mais, que dis-je? les temps me sont connus d'avance :
Nul malheur imprévu ne viendra m'assaillir.
Inévitable est le Destin : pourquoi me plaindre?
Et je supporterai sans pleurer ni gémir
Ces fers dont le baiser outrageant va m'étreindre !
Contre la volonté des grands Olympiens
A l'homme je donnai le plus noble des biens :
Je dois subir l'amer châtiment de mon crime.
Voici tomber autour du rocher dur et noir
    Les soirs après les soirs ;
Voici les flèches d'or de l'été magnanime
    Qui mordent et brûlent ma chair ;
    Voici la neige palpitante de l'hiver ;
    Voici rugir sur ma tête
    Dans la vaste horreur des nuits
    La voix fauve des tempêtes :
Le vent est furibond, et l'éclair luit,
Les torrents enflammés semblent bondir de joie !

Et voici que descend de l'Olympe hautain,
Convive non prié d'un éternel festin,
Le chien ailé de Zeus qui me ronge le foie !

> Au seuil de la caverne, parait Pandore,
> enveloppée encore des voiles funéraires.
> Elle regarde autour d'elle, hésitante.

PANDORE

Où suis-je? Quelle aurore a lui dans les ténèbres
Où mes mains à tâtons cherchaient en vain le jour?
Qui donc a sur mon front posé ces tissus lourds
Et quel Dieu torturé pousse des cris funèbres
    Dont rugissent les antres sourds?

PROMÉTHÉE

Je te voue à la mort, toi dont le bec me ronge.

PANDORE

Est-ce mon rêve encor dont l'effroi se prolonge?
    Est-ce enfin le réveil?

PROMÉTHÉE

Je te maudis aussi, dieu vorace et vermeil
    Dont l'implacable
    Éclat m'accable !

PANDORE

Ciel ! Parmi ces rochers radieux de soleil
Cet homme à l'agonie et, chair ensanglantée,

Ce Dieu captif... C'est Prométhée !
Maudite soit la nuit et béni soit le jour
Qui m'arrache vivante à l'ombre funéraire !
Morte dans la terreur je renais téméraire
Et je m'en viens vers toi, mon Titan, mon amour !

PROMÉTHÉE

Comme une voix connue a brisé le silence !
Une plainte, un appel est monté jusqu'à moi.

PANDORE

Ma douleur est la tienne et mienne est ta souffrance,
Et tout mon être en pleurs t'apporte son émoi.

PROMÉTHÉE

J'ai reconnu tes cris ! Halte, arrête ! Pandore,
N'attire pas sur toi le courroux immortel,
Crains plus que ma nuit froide et sinistre l'aurore,
Et vois où m'a réduit l'arrêt d'un dieu...

PANDORE

Cruel

Destin, arrêt inique,
Où le plus généreux, le bienfaiteur, l'Élu
Subit le châtiment du bien qu'il a voulu !
Basse œuvre de vengeance et que Zeus seul, l'Unique,
Pouvait perpétrer contre un dieu !
Je crierai le forfait : de ma haine ironique

J'enflammerai le cœur de l'homme, et l'odieux
De l'atroce injustice ameutera les dieux !
     Puissance infâme et tyrannique,
Qui s'acharne à frapper les êtres radieux !
Un Erôs m'illumine et d'une aube mystique
Éclaire un avenir de revanche à mes yeux !
Un souffle me soulève, amer et prophétique,
Et je vois resplendir, humaine et titanique,
Une ère de douceur et d'instincts merveilleux
     Qui, détrônant la Force antique,
Criblera, comme un van, les tristes lois de Zeus !

Pandore fait quelques pas.

PROMÉTHÉE

Plus un pas, et silence, ô triste enfant qu'exalte
Un Erôs de révolte ! ô mon rêve, fais halte
Au pied de ces rochers. Ton douloureux effort
S'y briserait, stérile et vain. L'affreuse mort
Dont tu portes encor le deuil et les longs voiles,
La mort est là dans l'ombre, une ombre sans étoiles,
Où l'Arachné sommeil ourdit d'horribles rêts.
Je t'en supplie, adieu ! Va-t'en, fuis, disparais !

PANDORE

Ah, tu dis !...

PROMÉTHÉE

Que moins âpre est ma peine angoissante

4

Depuis que je te sais rôdant là, gémissante,
Et l'âme de tes pleurs, comme un léger encens,
En montant jusqu'à moi, rafraîchit tout mon sang.

PANDORE

Et tu veux...

PROMÉTHÉE

Oui, je veux ici l'adieu suprême
Car je veux de ton front détourner l'anathème,
Toi dont l'âme pieuse et le fervent amour
Ont fleuri ce gibet ! Je serai libre un jour !

PANDORE

Libre un jour !

PROMÉTHÉE

Oui, mes yeux dessillés voient éclore
Et poindre à l'horizon comme une jeune aurore ;
Sa rougeur incertaine empourpre les sommets,
Je puis sans désespoir attendre désormais.
A travers les clameurs de ta plainte éperdue
Une douceur étrange est sur moi descendue,
Et sur ces monts captifs de l'éternel hiver
Comme un frisson léger a tressailli dans l'air,
Le frisson de ton rêve et de la délivrance !
O toi, qui sur tes pas as conduit l'espérance
Au lieu de mon destin, sois bénie à jamais !
Mais fuis, Pandore, adieu, je t'aime, je t'aimais ?

PANDORE

A l'heure où s'adoucit l'horreur de ton supplice,
Je fuirais et des dieux je deviendrais complice!
Non, non, mon bien-aimé, je viens pour te guérir,
Pour pleurer et t'aimer, pour t'étreindre et souffrir,
Souffrir du même Erôs et des mêmes alarmes !
Tu l'as dit, un dictame est dans l'eau de mes larmes.
Je veux me fondre en source et pleurer tout mon cœur,
Tout le tien, tout le sang de nos vieilles rancœurs
Je veux l'épandre tout en ardentes rosées
Dont ton âme et ta chair seront cicatrisées,
Et j'essuierai les tiens, tes pleurs brûlants et lourds
Avec mes cheveux lents, et les dieux, les dieux sourds
Se sentiront fléchir en voyant nos caresses ;
J'emplirai ce désert de si tendres tendresses
Que les cimes de givre et les ravins glacés
Reverdiront ; la neige au bruit de mes baisers
Jaillira, ruisseaux bleus, entre les troncs des chênes,
Et de ton châtiment, si Zeus maintient tes chaînes,
Je ferais un joyeux, un clair et frais printemps !
Oui, du morne exilé, du vaincu, du Titan
Je ferais un daimon vêtu de fleurs et d'onde,
De feuilles, de soleil, un dieu Pan, tout un monde,
Un monde aux pieds d'eau vive, aux cheveux de forêts!
Et tu me dis : « Va-t'en, adieu, fuis, disparais ! »
Non, bien-aimé, dussé-je être réduite en poudre
Par le triple et strident éclair bleu de la foudre,

Je brave et le ciel vide et l'implacable Zeus,
Et sans plus t'écouter, je m'élance et je veux...

> Brusquement, Bia se dresse devant
> Pandore, et l'arrête d'un geste.

BIA

Arrière, Pandore, va-t'en
Loin de la roche épouvantée
Où gémit l'orgueil du Titan.

Il faut que le vain Prométhée
Pleure sur le morne rocher :
Sa force, nous l'avons domptée.

Va! Zeus te défend d'approcher.
Et, vois, aux regards téméraires
Le rebelle infâme est caché.

> Des rochers, bouleversés tout à coup,
> cachent Prométhée.

Descends, femme, parmi tes frères ;
Abandonne le mort vivant !
Qu'il lance vers les Dieux contraires

Des cris qu'emportera le vent.

> Elle disparaît.

PANDORE

O déesse insulteuse à la face d'ortie,
Ombre à la voix stridente aussitôt engloutie

Que du gouffre apparue, et toi, roc ennemi,
Surgi pour dérober à mes yeux Prométhée !
Pour me frapper d'effroi, spectres dressés parmi
        Ces montagnes ensanglantées !
En vain me croyez-vous effarée et domptée
Par l'affreuse Épouvante et réduite à merci !
Mon âme a plus d'orgueil et ma douleur aussi,
Mon angoisse n'est pas à ce point résignée... !
J'irai clamer, ô dieux, ma stupeur indignée
        Où mes cris seront écoutés !
Hors du fluide azur et des flots argentés,
Des ruisseaux et des lacs et des sources d'eau vive,
Mes pleurs ameuteront, pitoyable, attentive,
L'âme de tout un peuple ardent à se venger,
Tout un peuple innombrable errant dans l'air léger,
Les ondoyantes sœurs aux paroles limpides !
A ma voix, à mes cris, souples Océanides,
Vos bras nus, vos cheveux dorés, vos yeux d'azur
S'exhaleront de l'ombre au-dessus des abîmes,
Et votre troupe ailée à travers le ciel pur
        Me conduira de cime en cime
Jusqu'au roc où le dieu subit son sort obscur.
        Votre immense ronde invisible
M'emportera roulée en un blond tourbillon
D'haleine, de murmure en fleurs et de rayon,
        Et sur vos ailes soutenue
        J'irai crier jusqu'à la nue

L'effroyable injustice et l'âpre vision
De l'homme au roc cloué, comme un vivant haillon.
Tremble donc, ô Bia, l'éternelle complice
    De la férocité des dieux;
Et toi, mon bien-aimé, renais, car ton supplice
Va s'abroger parmi les rochers radieux
Où j'amène, afin que ton destin s'accomplisse,
Lèvre en fleur et bras nus chargés de lourds calices,
Les nymphes au grand cœur miséricordieux.

ACTE III

PANDORE

O vous qui vous plaisez dans les grottes profondes,
Nymphes des lacs et sœurs des sources aux yeux verts,
O vous dont les bras blancs et dont les cheveux d'onde
Peuplent le bleu des eaux et l'infini des airs !
Nymphes de nacre et d'or et dont le rire humide
Brille comme un collier sur la rose splendide
D'une bouche on dirait d'aurore et de corail !
O perles que le fleuve en le mouvant émail
De ses flots roule et tord, pures Océanides
    Aux doigts onglés de clair aiguail,
Prêtez le coquillage ourlé de vos oreilles
      A ma voix !

Plus mûr et plus saignant que le raisin des treilles,
Que dévore en automne un lourd essaim d'abeilles
Et puis qu'achèvera le bec d'oiseau pillards,
Un dieu vivant, la chair et les membres épars,
Râle, une plaie au flanc, et gît parmi la neige
Et la nuit d'un sommet inaccessible.

Au piège

Affreux des dieux surpris, le Titan garrotté
De sa vaine détresse emplit l'immensité
Livide et sans écho des montagnes glacées.
Et, tourment éternel planant sur ses pensées,
Tel un supplice ailé, chaque aube, chaque soir,
Un aigle onglé de fer abat son grand vol noir
Sur sa chair pantelante et met une âpre joie
A lui fouiller du bec et sa plaie et son foie
Qu'il dévore, et le foie entamé chaque jour
Renaît pour être encor dévoré... et toujours,
Parmi le blème éclat des monts et leur silence
Effrayant, le supplice horrible recommence,
Et le ciel impavide éclaire, oui, cela !

Or moi, moi, dont les yeux ont vu tout, me voilà
Qui viens vous dénoncer le crime, ô vous les douces
Et pitoyables Sœurs, qui fécondez les mousses
Et de larmes d'argent tissez l'âme des fleurs,
Vous qui des arbrisseaux consolez les douleurs
Et qui dans la clairière, à minuit, goutte à goutte,
O sources, apaisez au son de votre voix
Le tressaillant émoi du chevreuil aux écoutes
Et l'effroi tressaillant de la biche aux abois !
Laisserez-vous saigner, les deux pieds dans le gouffre,
Le Titan fraternel, dont la chair crie et souffre ?

Non ! — De vos bras divins et de vos ailes d'or

Vous, vous le tenterez, nymphes, le pur effort
Et le sublime élan qui, franchissant les cimes,
M'emportera vivante au-dessus des abîmes,
    Jusqu'au gibet de mon amour !

Par le bleu de la nuit et l'éclat blanc du jour,
Par l'écume des flots et les crêtes vermeilles
Des coraux, à vos chairs comme à vos seins pareilles,
Par le bruit de la mer et le cri des couleurs,
Par votre essence même, âmes d'onde et de fleurs,
Par mes larmes enfin, nymphes, je vous conjure !

Laisserez-vous crier plus longtemps la blessure
De l'homme et triompher l'injustice du ciel?
Sur la plaie, oh ! venez verser l'ambre et le miel
De vos lents cheveux d'or fluide, et votre bouche
Fera fondre en sanglots le silence farouche
    Du Titan qu'étouffe l'orgueil.
Comme une vague immense au pied d'un noir écueil
Montez en tourbillon dans l'espace sonore
Et jusqu'à Prométhée enfin menez Pandore !
Vers le supplicié tendez, levez, mes sœurs,
Vos lèvres de sourire et vos bras caresseurs,
Et parmi des frissons de baisers et d'aurore
Annoncez au Titan vaincu qu'on l'aime encore,
Qu'on le plaint, qu'on le pleure enfin, qu'il n'est plus seul
Dans la nuit, dont vos mains écartent le linceul.

Les Océanides paraissent.

LES OCÉANIDES

Des ruisseaux et des sources claires,
Des lacs dont l'eau paisible dort,
Nous accourons à ta voix d'or,
O toi qui pleures, solitaire,

Et vers ta souffrance voilée
Debout au bord fleuri des eaux
Nous dressons la brume étoilée
De nos cheveux ceints de roseaux.

Pour toi, pour dissiper tes craintes,
Pour rafraîchir tes yeux amers,
Nous avons laissé les étreintes
Des gouffres bleus et des flots verts.

Et nos robes d'Océanides,
Vers la roche où meurt le Titan,
Vont de nacre et d'azur fluide
Te faire un chemin éclatant.

PANDORE

O prodige, ô surprise, ô merveille!
Une rumeur ailée, un murmure d'abeilles
Vibre dans l'air limpide et m'entoure.. Des voix,
Des bras nus, des soupirs, des plaintes étouffées...
Des faces d'aube claire et d'eau vive, coiffées

D'algue et de lotos d'or mettent autour moi,
Comme une fleur qui s'ouvre, un immense sourire !
L'air danse et rit, empli de sons de lyre !
O bien-aimé, mon cœur frémit d'émoi :
Ma plainte est enfin écoutée,
Et je vais te revoir, ô royal Prométhée.

LES OCÉANIDES

Vois ! nos bras sont vers toi tendus, ô Prométhée,
Vers toi, le fier meurtri,
Nous amenons ravie, en pleurs, épouvantée,
Pandore aux yeux fleuris.

O douloureux captif, que de fois, une à une,
En cueillant les grands lys éclos,
Dans nos grottes le jour, ou le soir, sous la lune
Caressant le sommeil des flots,
Nous avons dit ton nom et maudit ta fortune
Le cœur étranglé de sanglots.

O toi, le plus aimé d'entre les Titanides,
Exalte ton cœur fraternel !
Ne te dérobe plus ! Vers les Océanides
Tente un effort sublime et solennel !

De tes yeux desséchés les ardentes brûlures,
Nous les rafraîchirons avec nos larmes pures,
Nous déploierons sur toi nos lentes chevelures

Et sous son doigts les lotos d'or
Doucement attendris parfumeront ton corps.

> Les Océanides ont découvert le rocher
> de Prométhée.
> Prométhée leur apparaît, enchaîné et
> sanglant.

PROMÉTHÉE

Quel bruit d'ailes tendres et douces,
Chanson d'oiseaux aériens
Ou de ruisseaux parmi les mousses,
Glisse autour de la roche et vient
Vers celui que les Dieux repoussent?

Une consolante clarté
Réjouit le ciel et la terre
Et comme un murmure enchanté
Frôle la roche solitaire.
Mon mal est moins lourd à porter.

PANDORE

N'entends-tu pas gémir l'amante,
Prométhée, ô porteur de feu?
Sa voix est triste et se lamente ;
Et rien ne rafraîchit ses yeux
Brûlés de larmes inclémentes.

PROMÉTHÉE

Une claire, une pure voix
Monte vers le héros qui souffre,
Une voix si chère autrefois !
Elle franchit ravins et gouffres,
Son chant frissonne autour de moi.

Oh, qui, sur cette roche infâme,
Va surgir et me consoler ?
Est-ce une Déesse ? une femme ?
Vers moi des ailes ont volé.
De l'espoir rayonne en mon âme.

Et cependant, j'ai peur... j'ai peur...
Quel vivant voudrait me sourire ?
Si la voix pleine de douceur
Ne chantait que pour me prédire
L'effroi de nouvelles douleurs ?

LES OCÉANIDES

Ne tremble pas, Titan farouche, ô Prométhée !
Vers le râle de ta souffrance épouvantée
   Nous montons, tendres et pieuses ;
Et du parfum léger de nos lèvres fleuries
Nous venons réjouir tes chairs endolories,
   Nous, les divines endormeuses !

        Les Océanides ont porté Pandore jus-
        qu'au rocher de Prométhée.

> Pandore regarde Prométhée avec ten-
> dresse et lui parle doucement.

PANDORE

Me voici, me voici sur le rocher farouche !
Me voici près de toi, Prométhée ; et je touche
De mes cheveux cléments et de mes doigts légers
Les fers rudes et lourds dont tes bras sont chargés.
Mes yeux voient ta souffrance, et de mes lèvres pures
Je puis baiser le sang divin de tes blessures,
Et, bien-aimé, je puis, comme au temps d'autrefois,
Te chanter la chanson berceuse de ma voix.

PROMÉTHÉE

Oui, dis-moi la chanson tranquille qui console,
Pandore ! Le soupir ailé de ta parole
Calme les maux hideux créés pour me punir
Et me donne la force auguste de souffrir.
Oh, que ta voix, ta chère voix me parle encore !
Et surtout, ne fuis plus, ô ma douce Pandore,
Reste, reste : c'est toi qui ramènes l'espoir.
Vois rire de l'azur au ciel livide et noir !

PANDORE

Si nous pouvions revoir un jour les blondes plaines
Où nous cueillions des fleurs paisibles à mains pleines !

PROMÉTHÉE

Hélas ! je dois subir l'éternel châtiment...

PANDORE

Si tu voulais...les dieux entendraient ton serment...

PROMÉTHÉE

Que dis-tu ?

PANDORE

Le roi Zeus peut oublier l'injure !
Il peut foudroyer l'aigle à l'infâme morsure,
Il peut briser les fers qui t'étreignent les bras !

PROMÉTHÉE

Pandore...

PANDORE

Soumets-toi !

PROMÉTHÉE

Je ne me soumets pas !
Je souffre sans remords : je suis fier de ma tâche.
Je ne supplierai pas les dieux, d'une voix lâche !

PANDORE

Malheureux ! Sur le mont que hantent les hivers,
Le corps meurtri par la rouge étreinte des fers,
Tu veux vivre, insensible à mes larmes dolentes !
Fais que je puisse enfin guérir tes chairs sanglantes,
Tu ne dois pas gémir en d'éternels liens !

Implore la bonté des grands Olympiens !
Jette ton cri vers Zeus ! Soumets-toi, Prométhée !

PROMÉTHÉE

Je t'ai vue autrefois vaillante et révoltée.

PANDORE

Ah, j'étais folle, alors ! Mais je t'aime, et j'ai peur.
J'ai vu ton pauvre corps panteler de douleur,
J'ai vu la chaîne inexorable qui te blesse,
Et je me sens trembler de toute ma faiblesse.
Écoute ma parole ! Implore les dieux !

PROMÉTHÉE

Non !

PANDORE

Eh bien, c'est moi qui vais les prier en ton nom !
Zeus, Zeus, maître immortel, entends ma voix ! Oublie
Le vol ancien de Prométhée et sa folie,
Romps les anneaux rugueux qui déchirent ses chairs,
Et que ses cris aigus n'effarent plus les airs !

Paraissent Kratos et Bia.

KRATOS

Ta douleur est-elle complice
Du geste enflammé d'autrefois,

Que tu viennes, dolente voix,
Verser des pleurs sur le supplice
Du Titan qu'a maudit Zeus-Roi?

BIA

Sur la roche où sa pâleur saigne,
Veux-tu donc saigner à ton tour?
Veux-tu qu'on te torde et t'étreigne?
Nous t'apprendrons que la loi règne
Sur les humains, avant l'amour.

PANDORE

Bien-aimé, bien-aimé, détourne l'anathème
Qu'ont proféré sur moi ces mornes inconnus!
Écarte la terreur de leurs visages blêmes!
Mes pleurs mouillent vos mains! J'embrasse vos pieds nus!
Et toi, dieu triomphant et beau, Zeus, roi suprême,
Mets l'oubli du pardon sur l'antique blasphème
D'un triste révolté que j'aimais et que j'aime
Et qui, dans mes bras blancs, ne t'insulterait plus !

PROMÉTHÉE

Que dis-tu? Ta parole est comme un bruit de chaîne.
N'engage pas, enfant, ma souffrance hautaine !
Le présent est déjà captif du souvenir
Et je veux demeurer maître de l'avenir.

54

Tonnerre. Aux extrêmes sommets des
montagnes, paraissent Zeus et les Olympiens. Parmi eux, Hermès tient un cof_
fret. — Au bruit, accourent les Hommes.

UN HOMME

Dans l'orgueil éclatant des cimes,
Un Dieu de gloire et de courroux
Resplendit, Zeus, et l'éclair roux
Embrase le fond des abîmes.
Hommes, femmes, accourez tous.

Quel autre tourment se prépare ?
Près du Titan qu'on croyait mort,
Transfuge du Hadès avare,
Pandore pleure et souffre encor·
Un couple effrayant les sépare..

LES HOMMES

Et vers eux Hermès ailé d'or
Descend, porteur d'un présent rare,
Messager de paix ou de mort.

Hermès descend vers Pandore.

HERMÈS

Comme un calice d'aube et de douceur, dans l'ombre
La clémence de Zeus a fleuri. De l'azur
Je viens à pas légers vers vous, ô couple sombre,
Relever, toi, ta grâce, et toi, ton front obscur.

Sèche l'eau de tes pleurs, âme ressuscitée,
Vers toi le Maître a fait le geste qui guérit.
Je ne viens pas briser les fers de Prométhée,
Mais panser d'un bienfait son cœur endolori.

Le Héros qui viendra libérer ta souffrance
Est à naître : Héraklès forcera l'avenir.
Tu connaîtras par lui le miel de délivrance,
Et Zeus l'engendrera, Zeus qui t'a su punir !

Et le dur châtiment porte aussi la clémence.
Or, dans le long espoir des siècles révolus,
Pour attester l'oubli des affronts, qu'un immense,
Qu'un merveilleux présent brille en tes doigts élus.

Il leur donna le feu, la charrue et les armes,
Le secret de dompter l'eau vaste et le métal.
Ce coffret, ô Pandore, est rempli de tes larmes :
Porte leur doux fardeau vers le monde natal.

Redescends vers la terre où te veulent les hommes
Dont la grande clameur monte vers le Titan.
L'heure est irrévocable, et la cime où nous sommes
Domine à tout jamais les flots brumeux des temps.

Le coffret que j'ai mis entre tes mains pieuses
Contient le dévouement, l'amour et la pitié,
Arôme de ton cœur, larmes mystérieuses,
Que pleurèrent tes yeux sur le supplicié.

Aux fils du grand captif porte le don des larmes.
Femme, achève son œuvre, élargis le bienfait.
De ta jeune douleur Zeus a fait naître un charme
Et le donne à tous ceux que le rêve étouffait.

Il tend le coffret à Pandore.

PROMÉTHÉE

Pandore, ne prends pas le noir coffret... Arrête!
Le mal de l'homme est pour les dieux la seule fête!
J'entends déjà leur chant et leur rire odieux.
Repousse le coffret... Ne reçois rien des dieux!

HERMÈS

Des larmes pures de tes yeux
Ils ont fait un baume fidèle...
N'écoute pas la voix cruelle,
Femme, d'un pauvre ambitieux!
Et va vers la race mortelle
Avec le baume précieux
Des larmes pures de tes yeux!

PROMÉTHÉE

N'écoute pas Hermès! Ne reçois rien des dieux!

PANDORE

Des larmes pures de mes yeux
Ils ont fait un baume fidèle...

HERMÈS

Un jour, ô femme, qui pleures sur le Titan,
Le sauveur Héraklès gravira cette roche.
Écoute-moi. Voici le coffret éclatant.
Prends, et les hommes souriront à ton approche.

PANDORE

Des larmes pures de mes yeux
Ils ont fait un baume fidèle...
Le Sauveur doit naître. O larmes, vertu nouvelle!

Elle prend le coffret.

Hommes, voici le beau présent qui vient des dieux!

PROMÉTHÉE

Contemplez en riant ma chair ensanglantée,
Dieux lâches! Vous tuez l'œuvre de Prométhée!

*Pandore, tenant le coffret, descend vers
les hommes.*

LES HOMMES

Les dieux graves nous ont souri!
Les chemins sont clairs où tu passes;
Le regard de tes yeux fleuris,
O douce femme, est plein de grâce.

Adorons la splendeur des dieux,
Car voici qu'un heureux mystère

Va, de l'Olympe glorieux,
Descendre encore sur la terre !

Devant vous nous courbons nos fronts,
Maîtres sublimes des tempêtes !
Vous par qui le monde est en fête,
Dieux cléments, nous vous adorons.

Poitiers. — Imp. BLAIS et ROY, rue Victor-Hugo, 7.